1876 Decembre 11

ŒUVRES

DU BARON

A.-G. LANZIROTTI

Me CHARLES OUDART
COMMISSAIRE-PRISEUR

M. L. BLOCHE
EXPERT

Quantin imprimeur

CATALOGUE

DE

MARBRES

BRONZES, TERRES CUITES

GROUPES, STATUETTES, BUSTES

BAS-RELIEFS

ŒUVRES DU BARON

A.-G. LANZIROTTI

STATUAIRE

DONT LA VENTE AURA LIEU

HOTEL DROUOT, SALLE N° 3

Le Lundi 11 Décembre 1876

A TROIS HEURES ET DEMIE

COMMISSAIRE-PRISEUR	EXPERT
Mᵉ CHARLES OUDART	M. L. BLOCHE
31, Rue Le Peletier	19, boulevard Montmartre

Chez lesquels on trouve le présent Catalogue

EXPOSITIONS

PARTICULIÈRE	PUBLIQUE
Le Samedi 9 Décembre 1876	Le Dimanche 10 Décembre 1876
DE 1 HEURE 1/2 A 5 HEURES 1/2	DE 1 HEURE A 5 HEURES

CONDITIONS DE LA VENTE

Elle sera faite au comptant.

Les adjudicataires payeront *cinq centimes par franc* en sus des enchères, applicables aux frais.

MARBRES

DÉSIGNATION

MARBRES

GROUPES

1. — Le Printemps de la vie.

Marbre Grestola, socle en marbre rouge antique.

H., 0^{m},88. L. du socle, 0^{m},35.

2. — La Musique.

Marbre Grestola, socle en marbre rouge d'Écosse.

H., 0^{m},95. L. du socle, 0^{m},36.

3. — La Folie entraînant l'Amour.

Marbre Grestola, socle en rouge d'Écosse.

H., 1^m,07. L. du socle, 0^m,36.

4. — La Danse.

Marbre Grestola, socle en rouge d'Écosse.

H., 1^m,07. L. du socle, 0^m,36.

STATUETTES

5. — Flore.

Marbre Grestola, socle en rouge de Corse.

H., $0^m,95$. L. du socle, $0^m,30$.

6. — La Glaneuse.

Marbre Grestola, socle en rouge de Corse.

H., $0^m,94$. L. du socle, $0^m,30$.

7. — La Rosée.

Marbre Grestola, socle en rouge de Corse.

H., $1^m,02$. L. du socle, $0^m,30$.

8. — La Source.

Marbre Grestola, socle en vert antique de Corse.

H., $0^m,70$. L. du socle, $0^m,32$.

9. — La Baigneuse.

Marbre Grestola, socle en vert antique de Corse.

H., $0^m,70$. L. du socle, $0^m,32$.

10. — L'Adieu.

Marbre Grestola, socle en brèche des Pyrénées.

H., $0^m,99$. L. du socle, $0^m,34$.

11. — L'Innocence.

Marbre Grestola, socle en rouge de Corse.

H., $0^m,94$. L. du socle, $0^m,30$.

BUSTES

12. — Le Bleuet.

Marbre Grestola.

H., $0^{m},50$.

13. — Bouton d'or.

Marbre Grestola.

H., $0^{m},50$.

14. — Bouton de rose.

Marbre Grestola.

H., $0^{m},50$.

15. — Fleur des champs.

Marbre Grestola.

H., 0^m,50.

16. — Petit Bacchus.

Marbre Grestola.

H., 0^m,50.

BRONZES

BRONZES

---

17. — Le Printemps de la vie.

Groupe.

H., 0^{m},88.

18. — La Source.

Statuette.

H., 0^{m},70.

19. — La Baigneuse.

Statuette.

H., 0^{m},70.

TERRES CUITES

TERRES CUITES

20-23. — Les Quatre Saisons.

Quatre bas-reliefs encadrés.

H., 0m,57. L., 0,57.

24. — Les Roses.

Bas-relief encadré.

H., 0m,57. L., 0m,57.

25. — Les Violettes.

Bas-relief encadré.

H., 0m,57. L., 0m,57.

GRANIT ORIENTAL

26. — Deux belles Colonnes.

Granit rouge oriental. Embase marbre gris.

H., 1^m,35.

PARIS. — Impr. J. CLAYE. — A. QUANTIN et Ce, rue St-Benoît. — [2052]

www.ingramcontent.com/pod-product-compliance
Ingram Content Group UK Ltd.
Pitfield, Milton Keynes, MK11 3LW, UK
UKHW021045260726
13994UKWH00005B/2355

9 782329 438856